Palabras que debemos aprender antes de leer

construyendo

estoy

hora de dormir

necesito

pero

tomar

www.rourkepublishing.com

Edición: Luana K. Mitten
Ilustración: Anita DuFalla
Composición y dirección de arte: Renee Brady
Traducción: Danay Rodríguez
Adaptación, edición y producción de la versión en español de Cambridge BrickHouse, Inc.

ISBN 978-1-61810-515-8 (Soft cover - Spanish)

Rourke Publishing
Printed in the United States of America,
North Mankato, Minnesota

www.rourkepublishing.com - rourke@rourkepublishing.com
Post Office Box 643328 Vero Beach, Florida 32964

A la hora de dormir, ¡qué problema!

J. Jean Robertson
ilustrado por Anita DuFalla

4

Adrián,
ya es hora
de dormir.

5

Pero estoy
construyendo
una casa.

7

Pero estoy manejando
un camión.

Pero estoy coloreando
un dibujo.

Pero estoy leyendo un libro.

13

Pero necesito tomar agua.

Pero no tengo sueño.

Pero necesito
un beso y
un abrazo.

Buenas noches, Papá.
Te quiero mucho.

Actividades después de la lectura

El cuento y tú...

¿Qué tenía que hacer el niño a la hora de dormir?

¿Quién no quería ir a dormir?

¿Qué te gusta hacer a la hora de dormir?

Cuéntale a un amigo lo que haces justo antes de ir a dormir.

Palabras que aprendiste...

A cada palabra le falta la primera letra. ¿Podrías escribir las palabras en una hoja de papel y agregarle a cada una la letra que le falta?

_stoy

_ora de dormir

_onstruyendo

_ecesito

_ero

_omar

Podrías... crear una lista con las actividades que haces antes de ir a dormir.

- Haz una lista de las cosas que te gustan hacer antes de ir a dormir.
    - Divide una hoja de papel en cuatro secciones.
    - Escribe una actividad para cada una de las cuatro secciones.
    - Haz un dibujo para ilustrar la actividad de cada sección.

- Comparte tu cuento con tu familia.
    - Busca un miembro de la familia para que compartas tu lista de actividades.
    - Dile por qué te gusta hacer esa actividad.
    - Pregúntale qué le gusta hacer antes de ir a dormir.

Acerca de la autora

J. Jean Robertson, también conocida como Bushka por sus nietos y otros niños, vive con su esposo en San Antonio, Florida. J. Jean está jubilada después de muchos años de ser maestra. A ella le encanta leerle cuentos a su nieto antes de dormir.

Acerca de la ilustradora

Con gran versatilidad de estilo, el trabajo de Anita DuFalla ha aparecido en muchos libros educativos, artículos de prensa y anuncios comerciales, así como en numerosos carteles, portadas de libros y revistas, e incluso en papel de regalo. La pasión de Anita por los diseños es evidente tanto en sus ilustraciones como en su colección de 400 medias estampadas. Anita vive con su hijo Lucas en el barrio de Friendship, en Pittsburgh, Pennsylvania.